POMPONES

.

CARMEN BARANDA

POMPONES

© Obra: POMPONES

Primera edición: Mayo, 2024

© Autor: CARMEN BARANDA

ISBN: 978-84-10040-66-3
Depósito Legal: M-12131-2024

Ilustraciones de portada e interior: Chari Baranda

© Editado por LIBER FACTORY www.liberfactory.com

Gestión, promoción y distribución: Grupo Editor Vision Net S.L.
C./ San Ildefonso 17, local, 28012 Madrid. España.
Tlf: 0034 91 3117696 // Email: pedidos@visionnet.es
www.visionnet-libros.com

Disponible en librerías físicas y online.

Érase una vez dos pompones que, aburridos de ver sólo pies, salieron volando en busca de aventuras desde las zapatillas de la abuela hasta la bufanda de la nieta.

Fatigados por su alto vuelo, ambos se quedaron a vivir allí, en las puntas de la bufanda.

Uno de ellos, el que estaba por delante, era muy feliz porque la pequeña lo acariciaba todos los días con mucho cariño, y su tacto se volvía cada vez más suave y agradable.

Por el contrario, el otro pompón era muy desgraciado. Estaba a la espalda y las manos de la nieta no le tocaban nunca. El pobre se sentía tan ignorado y triste que un día emprendió de nuevo el vuelo y aterrizó en el gorro de lana de la niña.

El esfuerzo de volar tan alto tuvo su compensación: si antes, cuando estaba en las zapatillas de la abuela, sólo veía los pies de la gente, ahora, desde arriba, podía observarlo todo, como si estuviera en un maravilloso y altísimo mirador.

A partir de entonces, ambos pompones vivieron felices en su nuevo hogar durante el resto de sus vidas.

EL CASO DEL LEÓN QUE QUERÍA SER INSPECTOR DE HACIENDA

La primera vez que Rodolfo vio a un hombre sin pelo fue en el circo. Acompañaba a su esposa y a sus dos hijos y observó que, a pesar de tener la cabeza completamente despejada, parecía feliz y disfrutaba de la función como todo el mundo. Desde entonces, quiso ser calvo como aquel hombre.

Rodolfo estaba harto del Divino César, un individuo que, con un látigo en la mano, simulaba ser un hombre duro y dominante delante del público, aunque en el fondo era un blando. Cuando estaban solos su comportamiento era diferente. Siempre estaba jugando tanto con él como con los otros dos leones y terminaban todos ellos rodando por el suelo.

Sin embargo, lo malo del Divino César venía a la hora del aseo. Era entonces cuando se mostraba como un tirano. Porque a Rodolfo no le gustaba nada que le lavaran y menos que le cepillaran la melena. El Divino César le daba muchos tirones y Rodolfo rugía y le mostraba las garras, pero no le hacía ni caso y seguía cepillándolo sin descanso.

Un día escuchó al director del circo decir que estaba muy preocupado porque esperaba la visita de un inspector de Hacienda. La sorpresa vino cuando comprobó que el señor sin pelos en la cabeza que había visto días antes durante una función era el que acudía con una cartera en la mano a comprobar las cuentas de su jefe.

Fue así como asoció la idea de ser calvo con la de inspector de Hacienda y llegó a la conclusión de que ejercer esa profesión sería la única posibilidad que conocía de perder su melena.

Para ello debería alejarse del circo y volver a sus orígenes, con su familia de la que le habían separado bruscamente. Sus padres se quedarían asombrados de los conocimientos que había adquirido en sus viajes y estarían felices de volver a verlo. ¡Qué sorpresa se llevarían cuando les contara que quería convertirse en inspector de Hacienda! Su madre le comprendería.

El regreso a África fue emocionante. En cuanto le vieron llegar, la familia al completo lo rodeó haciéndole mil preguntas. Pero apenas tuvo tiempo de contestarlas, ni siquiera de derramar una lágrima de felicidad porque todos salieron huyendo al escuchar unos disparos.

Por el contrario, Rodolfo, acostumbrado a oír los latigazos del Divino César, ni se inmutó. Únicamente sintió curiosidad. Por eso se escondió y, cuando se hizo de noche, se acercó al lugar del que procedían los disparos. Siguiendo las huellas y el olor, llegó hasta unas lujosas cabañas. Escondido entre las sombras espió a los hombres que se alojaban allí. Mantenían una conversación muy interesante para un inspector de Hacienda: el safari lo habían pagado con dinero negro.

Era evidente que aquella era la situación ideal para él. Tenía que aprovecharla y, ¡al fin sería calvo!

Se acercó a ellos, soltó un enorme rugido, y consiguió que salieran huyendo, dejando abandonadas todas sus pertenencias.

Dicen que entre aquellos cazadores huidos había un rey europeo acompañado de toda su escolta. Pero eso sólo son habladurías. Lo que es cierto es que Rodolfo, como buen inspector de Hacienda, acabó con aquella situación ilegal y a partir de entonces comenzó a perder pelo. En poco tiempo se convirtió en el primer león del mundo sin melena.

EL CASO DEL CHUPA CHUPS QUE TENÍA FRÍO

Mi hija Rocío sólo tenía tres años cuando sorprendió a toda la familia el día que entró de la mano con su papá en una administración de lotería.

—¡Papá, papá! Ese décimo dice que tiene escondido mucho dinero.

Mi marido, muerto de risa, me lo contó cuando volvió a casa. Por supuesto que nadie le hicimos caso.

El día del sorteo se nos saltaban las lágrimas al pensar que podíamos ser millonarios si hubiéramos escuchado a nuestra niña. Aquel décimo tenía el número del primer premio de la lotería.

Pero esa no fue la única sorpresa que nos dio. Asustados la llevamos al médico. Éste le hizo un examen completo sin detectar nada anormal en ella.

— Si la niña tiene buen oído y escucha lo que dicen las cosas, mejor para ella, o peor, según se mire. Yo no puedo hacer nada, tendrán que resignarse y aceptarlo –añadió al tiempo que ofrecía un chupa chups a la pequeña.

Al salir de la consulta quise desenvolver el caramelo, pero Rocío gritó con todas sus fuerzas

— ¡Noooo! ¡No quiere que le desnudes!

— ¿Cómo dices?

— El chupa chups no quiere que le desnudes.

—¿Y tú cómo lo sabes?

—Porque me lo está diciendo.

— Cariño, los caramelos no hablan —le respondí.

— Este sí, mamá. Y desde que me lo ha dado el médico me está diciendo que tiene frío. Si le quitas el papel va a pasar más todavía.

— Tú sí que vas a pasar frío; anda, déjame que te abroche bien el abriguito.

A medida que Rocío iba creciendo, cada vez nos asombraba más.

—Mami, no pongas más ropa en la lavadora. La pobre está diciendo que ya no puede con el peso.

—Papá, no fumes en la terraza. Esa planta está malita y dice que no respira bien, y menos aún si le echas el humo encima.

Poco a poco hemos ido aceptando la extraña capacidad auditiva de Rocío, y cada vez que hacemos algo consultamos antes a la niña; por ejemplo, cuando pintamos la casa. Ella nos contó lo que decían todas y cada una de las paredes: "ésta quiere ser azul, aquella amarilla, …"

¡La casa es un arco iris ahora!

A menudo nos preguntamos si será verdad que Rocío escucha lo que dicen las cosas o nos está tomando el pelo. Nosotros, por si acaso, la llevamos todas las semanas a la administración de loterías.

EL CASO DE MI PERRO Y DE SU EXTRAÑO PAPÁ

Desde hace tiempo siempre pedía a mis papás un perro, como regalo de cumpleaños. Ellos se negaban, asegurando que, después, yo sería incapaz de encargarme de él. Por más que prometía sacarlo a pasear y estar pendiente de sus comidas y de sus vacunas, nunca me hicieron caso. Hasta que ¡por fin! me regalaron un precioso cachorro.

Fue el día más feliz de mi vida. Se llama Focus y pronto cumplirá un año.

Todos los días me ocupo de él, antes y después del colegio. Me encanta sacarlo al parque. Allí juega con otros animales y siempre llama la atención por su aspecto. Tiene un pelo muy corto y tan negro y brillante que todo el mundo dice que parece una foca.

Un día en la clase de Naturales dijeron algo que me hizo pensar y, en cuanto llegué a casa, se lo comenté a mis padres:

—Si todos los animales del planeta procedemos de una primera vida en el agua, como dice mi profesor, ¿no es posible que Focus descienda de una foca?

No sé si ellos se habían hecho alguna vez la misma pregunta, pero no sabiendo qué contestarme, decidieron averiguar algo más sobre los antepasados de mi mascota, sobre todo, después de que un día, estando mi mamá preparando unas sardinas para cenar, le ofreció una a Focus y él se puso sobre sus dos patas traseras y, alargando el hocico, enganchó la sardina y se la tragó.

—Vamos a averiguar si existe alguna documentación sobre sus antecedentes —dijo mi papá después de ver aquella escena—. Esto es muy extraño.

—Una visita al centro de acogida de animales de dónde lo sacaron nos ha llevado a una conclusión fantástica: Efectivamente, Focus es hijo de una perra Pointer y… ¡de una foca macho!

—¿Pero eso es posible? —preguntamos extrañados.

—Es un caso muy especial. La primera vez, que se sepa, que ha ocurrido algo así en el mundo. Les voy a contar cómo ocurrió —nos dijo el director del centro.

"Según la documentación, Rufus es hijo de una perra llamada Cuqui y de una foca macho que respondía al nombre de Rufus. Todo ocurrió el día que fueron al Zoo. Cuqui era muy inquieta, y siempre se acercaba a todos los animales que se encontraba por la calle para jugar con ellos, ya sean perros, palomas o gatos. Con todos se llevaba bien.

Iban paseando por el parque cuando, al ver a las focas, Cuqui se fijó en una a la que estaban dando de comer y de un salto se plantó delante de ella. Ambos se miraron y debieron de enamorarse en ese mismo momento porque los dos se metieron en el agua y desaparecieron. Al cabo de unos minutos, viendo que no salían, el dueño de Cuqui comenzó a llamarla alarmado, temiendo que se hubiera ahogado. Pero no, enseguida sacó la cabeza del agua y regresó con su amo. Poco tiempo después nació Focus. Le pusieron ese nombre porque el animalito era idéntico a su papá, no tuvieron la menor duda".

Yo creo que esa historia se la han inventado los del centro de acogida de animales. Pero, la verdad, tengo mis dudas cuando veo a Focus comer sardinas… Se alza sobre sus patas traseras, se estira todo él y alcanza el pescado al vuelo. Igualito, igualito a una foca.

EL CASO DE ROSITA, SU CESTA DE UVAS Y EL LOBITO BUENO

En un país muy lejano, vivía una niña a la que todos llamaban Rosita, porque siempre iba vestida de ese color.

El día del cumpleaños de su abuelita, su mamá le pidió que le llevara como regalo una cesta con uvas, insistiendo en que no hablara con desconocidos y, sobre todo, que no se acercara al bosque donde vivía un lobo feroz.

Sin embargo, Rosita atravesó el bosque. Era el camino más corto y fue hablando con todos los animalitos que encontraba, hasta con el lobo, que se acercó para preguntarle qué llevaba en la cesta. Ella, destapándola, le enseñó la fruta.

—¡Qué ricas tienen que estar esas uvas!

—¿A ti te gustan las uvas?

—¡Ya lo creo! Me gustan todas las frutas. Yo soy vegetariano, aunque mi mamá se empeña en que tengo que comer carne.

—Toma un racimo, a mi abuelita no le importará. Mañana te traeré más.

Pero al día siguiente Rosita fue a visitar a su abuela acompañada de su mamá y ella no quiso ir por el bosque sino por otro camino más largo y menos peligroso. El lobito, preocupado al no ver a Rosita, se acercó a casa de su abuela, llamó a la puerta y cuando le abrió, ella se asustó tanto que se metió corriendo en la cama, tapándose con el edredón.

Entonces llegó Rosita con su mamá, que también se asustó. La niña convenció a las dos de que el lobo era muy bueno. Sólo quería que ella le diera las uvas prometidas, que le gustaban mucho porque era vegetariano.

La mamá y la abuelita se tranquilizaron y pidieron al lobito que se sentara a la mesa y comiera con ellas unos espaguetis con verduras que Rosita llevaba en su cesta. De postre pusieron una fuente llena de uvas.

A partir de entonces, el lobo fue todos los días a comer con la abuelita, a la que distraía contándole todas las aventuras que ocurrían en el bosque.

EL CASO DE LA SORTIJA DE BRILLANTES QUE SE ENAMORÓ DE UN BOTÓN PLATEADO

A pesar de saber que yo era algo especial, siempre me sentí muy sola. Me tenían encerrada en una caja fuerte, alejada del resto de mis compañeros. Y eso era lo que no entendía: si yo era la flor más preciada de la joyería, ¿por qué me ocultaban a la vista de los demás? ¿Por qué sólo me sacaban en contadas ocasiones, siempre bajo la desconfiada mirada del joyero?

Todas estas preguntas y mil más me hacía diariamente, mientras las lágrimas de mi encierro pulían y embellecían aún más mis delicados brillantes.

El día que escapé de mi cárcel fue el mejor de mi vida.

Acababan de abrir y mi propietario pasaba el plumero tranquilamente, cuando escuché unos gritos humanos y el lamento de las sortijas, pulseras, collares… Toda la joyería pedía auxilio.

Mi corazón se aceleró al oír el sonido de la caja fuerte abriéndose. En un instante podría ver lo que ocurría.

Lo primero que tuve ante mí fue una cara deformada por una media. Aquel individuo abrió de un tirón el bolsillo de su chaqueta para sacar una pistola, dejando a la vista un impresionante botón plateado.

Yo no tuve miedo; la pistola amenazaba al joyero, no a mí. Lo que sí sentí fue un calor que me subía por el aro y encendía mis brillantes. El botón del bolsillo era bonito, grande y poderoso. Me enamoré de él al instante.

El individuo de la cara deformada me cogió y me metió en el bolsillo del botón. Allí quedamos él y yo, dentro de un espacio lo suficientemente grande para no sentirnos encerrados. Incluso podíamos asomarnos al borde para ver lo que ocurría fuera. Así nos conocimos.

Nuestra convivencia fue maravillosa. Quisimos tener hijos y, al cabo de unos días, nació nuestra pequeña. Tenía la piel plateada, como su padre, y en la cabeza unos brillantes como los míos, aunque con menos destellos, eso es verdad, porque carecían del color rojo. La llamamos "Bisuta".

El individuo que me robó metió un día la chaqueta en la lavadora. No se acordó de sacarnos del bolsillo y casi nos ahogamos los tres con tanta agua jabonosa. Dimos vueltas y más vueltas hasta que conseguimos huir de aquella marejada. Más tarde debió de acordarse de nosotros y comenzó a buscarnos por todas las rendijas de la lavadora, mientras maldecía continuamente. Tuvimos miedo y nos escondimos.

Al fin, abandonó su persecución después de dar una enorme patada a la lavadora y pudimos respirar aliviados.

Nos metimos en el filtro y desde entonces vivimos allí. Estamos muy cómodos, la verdad, porque hay varias pelusas, restos de algún jersey que nos sirven de colchón.

Somos muy felices. El botón y yo estamos pensando en tener más hijos. En ese caso, tendríamos que buscar un hogar más grande. Lo importante es que sigamos juntos y queriéndonos como el primer día.

EL CASO DE LA NIÑA QUE QUERÍA UN PERRO

De pequeña pedía una y otra vez a mis padres que me compraran un perrito.

—Pídeselo a los Reyes Magos —me respondían.

—Pídelo para tu cumpleaños —contestaban otras veces.

Sin embargo, los Reyes Magos siempre se olvidaban de mi solicitud y lo mismo ocurría en mi cumpleaños.

Hasta que llegó mi séptimo aniversario.

Aquel día, mi papá me puso entre las manos una caja, con un lazo rojo enorme y llena de misteriosos agujeritos.

Toda nerviosa, empecé a mirar por aquellos pequeños orificios intentando ver qué había dentro.

Un ligero movimiento en el interior de la caja me puso en alerta. Sin duda se trataba del añorado perrito.

Nerviosa intenté arrancar el lazo.

Al abrir el paquete di un grito. Dentro había una iguana que me miraba fijamente. Era un animal tan feo que podría asustar al mismísimo diablo.

Dejé caer la caja al suelo. La iguana saltó y fue a esconderse debajo de una silla.

Ya he terminado la carrera de Medicina. Nunca me regalaron un perro.

La iguana sigue ahí. Mide más de un metro y pesa unos doce kilos.

Jamás le puse un nombre. Quizás por eso sigue mirándome fijamente.

EL CASO DEL CONEJO QUE SE ENAMORÓ DE UNA GALLINA

Todo el mundo dice, al verme, que soy un conejo precioso. A mí me encanta oírlo. Vivo en la casa de Azucena y Pedro, en la parte de atrás, en un gran patio junto con otros conejos, las gallinas y un gallo presumido.

Azucena es muy cariñosa. Nosotros la queremos mucho. Pedro es de otra manera. Antes, incluso, le teníamos miedo porque todos los años, en Navidad, entraba en el patio y cogía a una gallina o agarraba por las orejas a un conejo y se los llevaba. No sabíamos qué hacía con ellos, pero, como nunca volvíamos a verlos, nos temíamos lo peor.

Azucena, por el contrario, entra en el patio sonriendo. Ella se encarga de ponernos comida y agua fresca. También limpia nuestras jaulas y, mientras lo hace, deja la mía abierta y permite que salgamos a corretear por ahí. Sabe que no nos escaparemos porque ella no nos da miedo.

—Ven conmigo, Peluchito blanco —me dice a menudo, ofreciéndome sus brazos. Y yo doy un salto y me coloco entre ellos.

Ella se ríe mientras me acurruca y me da un montón de besos.

No sé por qué me llama Peluchito. Blanco sí, soy de ese color, igual que Angorito, el gato de Azucena.

Los otros animales me tienen cierta envidia, sobre todo, el gallo. Siempre está enfadado y, encima, cuando ve las caricias que me hace se enfurruña más, aunque él cuenta con el cariño de todas las gallinas. Bueno, de todas no, hay una….

Es la que más me gustaba. A la que iba a ver en cuanto Azucena me abría la jaula. Los dos salíamos corriendo a escondernos detrás de una manguera que estaba enrollada en un rincón y allí nos decíamos palabras de amor. ¡Qué bien lo pasábamos! Hacíamos planes pensando en el día en que Azucena se diera cuenta de nuestro amor y nos dejara vivir juntos para siempre.

Es una gallina muy especial, fuera de lo común, porque todas son negras con manchitas blancas, o blancas con manchitas negras. Esta no. Esta es toda blanca, pero de un blanco brillante, con tres plumas rojas en cada ala. ¡Preciosa!

Azucena le puso el nombre de "Guapa". Yo también la llamaba así y a ella le gustaba. Me sonreía ¿Que las gallinas no sonríen? Pues claro que lo hacen. Pero solo las que son especiales, como mi novia, porque, al poco tiempo de acercarme a ella, nos dimos cuenta de que los dos estábamos enamorados.

Pero el año pasado, en Navidad, entró Pedro en el patio, abrió mi jaula y me cogió de las orejas. Yo gritaba y me retorcía intentando escapar. Guapa, al oírme, salió asustada y comenzó a picotearle las piernas a Pedro intentando que me soltara. Él, para defenderse, le dio una patada y Guapa cayó al suelo desmayada. El gallo envidioso comenzó a reír a carcajadas.

Tuve mucho miedo por Guapa, creí que la había matado, y me puse a llorar dejando un reguero de lágrimas a nuestro paso.

Pedro me metió en la cocina. Sin soltarme de las orejas, con la otra mano cogió una tabla y la puso sobre la mesa. Luego agarró un cuchillo grande, muy grande. Me colocó boca arriba sobre la tabla. Yo cerré los ojos, muerto de miedo. Entonces oí la voz de Azucena diciendo: "Cariño, hay agua por el suelo". Eran mis lágrimas, claro. Al escucharla grité todo lo que pude y entonces vio lo que pasaba. Me arrebató de las manos de Pedro y cogiéndome entre sus brazos, me acarició y besó al tiempo que me susurraba que no tuviera miedo.

—¡Pero bueno! ¿A qué viene esto? –dijo Pedro-. Pensaba hacer conejo asado.

—No, Peluchito no.

—Entonces cogeré una gallina. Esa de las plumas rojas que es diferente a las demás, quizás sea más tierna.

Yo empecé a temblar.

—¡De ninguna manera! Guapa es su novia. No puedes matarla.

¡Dios de los conejos! ¡Azucena se había dado cuenta de nuestro amor!

—¿Me quieres decir entonces qué hago? –preguntó Pedro ligeramente enfadado.

—Haz una paella de verduras. A ti te sale muy rica. Les gustará a nuestros invitados.

Yo me estiré todo lo que pude y comencé a besar a Azucena en la cara.

—Te llevaré al patio, con tu novia. ¿Quieres Peluchito?

Y yo, como respuesta, le di más besos todavía.

No me dejó en la jaula como hacía otras veces, sino en el suelo. Guapa, que ya se había recuperado de su desmayo, se acercó corriendo, abriendo y cerrando los ojos como si no creyera que hubiera vuelto. Nos abrazamos. ¡Qué suaves son las plumas de Guapa!

Azucena se quedó un momento mirándonos y sonriendo.

Desde entonces, no volvió a encerrarme en la jaula de los conejos y Pedro jamás volvió a aparecer por allí. Guapa y yo nos hemos convertido en sus mascotas preferidas, junto a su gato Angorito. A menudo nos deja subir al sofá y nos coge en brazos a los tres mientras ve la televisión.

A Pedro ya no le tenemos miedo. A veces él también nos abraza.

EL CASO DE MI FANTASMA "GUSTAVITO"

Sé que nadie me va a creer y no me tomarán en serio, sin embargo, lo que voy a contar es real. Creo que el hecho de darlo a conocer, de escribirlo en este caso, me va a liberar de este secreto que siempre he ocultado.

Mi protagonista no es un perro abandonado, ni un gato callejero, es simplemente… un fantasma.

Se llama Gustavito. No sé si ese es su verdadero nombre, pero necesitaba darle uno y éste fue el primero que se me ocurrió. Y a él no parece disgustarle.

Vive, si es que puede decirse así, en mi casa. Y no, no me da miedo porque es bueno, no hace daño a nadie, lo único que quiere es jugar, por eso pienso que es jovencito y de ahí el diminutivo.

Al principio su único entretenimiento era apagar y encender las luces. ¡Me tenía loca! Sobre todo, cuando se apagaban las que estaban justo encima de mi cabeza. Aquello comenzó a inquietarme, hasta que comprendí que un fantasma juguetón convivía conmigo. No me quedó más remedio que hablar con él para dejarle las cosas claras:

—Te llamaré Gustavito. Si prefieres otro nombre, escríbelo. Aquí te dejo un papel y un bolígrafo. Y, por favor, no me dejes las luces encendidas toda la noche.

No escribió nada.

Yo aguantaba sus juegos con bastante paciencia, pero a veces, me ponía nerviosa.

—¡Gustavito, ya está bien! —le gritaba.

Inmediatamente dejaba de jugar y se estaba quieto durante unos cuantos días. La verdad es que siempre ha sido buen chico.

Esto viene pasando desde que vivo en esta casa, hace unos veinte años. Hasta ahora, que a sus juegos de luces ha añadido otro: cuidar las macetas.

Yo soy bastante vaga para las plantas, es cierto. Con frecuencia me olvido de regarlas y con la misma frecuencia prometo ocuparme de ellas al día siguiente. Tengo varias en la terraza y me gusta mirarlas, ver cómo brotan las flores, pero carezco de ese sentimiento maternal hacia ellas que Gustavito, al parecer, sí posee. Últimamente prefiere la botánica a la electricidad. ¿Se estará haciendo mayor?

Lo malo es que las riega demasiado y me obliga a estar pendiente más de lo que yo quisiera. ¿Cómo voy a quedarme impasible ante una maceta que chorrea agua por todas partes?

Por la mañana salgo a la terraza si hace buen tiempo, o contemplo mis tiestos a través de los cristales si hace frío o llueve, mientras voy dando pequeños sorbos a una taza de café. Hoy, Gustavito me ha sorprendido con un ramo de flores que ha cortado de un geranio y me ha dejado sobre la mesa. No sé qué pretende con eso. ¿Adularme?

He visto que ya había regado, con demasiada agua, como es habitual en él. Se ve que madruga para no mojar a los viandantes. Incluso ha retirado las hojas secas. Las encontré en una bolsa de plástico que dejó colgando de la barandilla. Es muy apañado y está pendiente de todo, de eso no hay duda.

Dentro de unos días me iré de vacaciones. La vecina se ha ofrecido a regarme las plantas. Le he dicho que no, que no era necesario, porque, evidentemente, no le puedo decir la verdad. Creo que se ha mosqueado. Sólo espero que Gustavito mantenga su afición por la jardinería y cuide bien las macetas durante mi ausencia. Y, sobre todo, espero que su amor por la botánica le haga olvidar los juegos de luces. No quiero ni pensar en encontrarlas encendidas, como el año pasado. Aún no me he repuesto del susto que recibí cuando vi la factura de la luz.

EL CASO DEL ELEFANTE QUE QUERÍA SER MODELO

Desde que nació ya comenzó a dar problemas a su madre. El primero fue a consecuencia del nombre. Quiso llamarle Body, en su lengua claro, un nombre que el resto de la manada lo consideró raro, diferente, pero adecuado para un macho. El conflicto vino porque Body no se comportaba como tal.

Tenía una forma de ser muy delicada, más propio de una hembra. Pensaron que era por vivir con su madre, pero esa no era una razón suficiente porque todos los elefantes están con sus mamás hasta que son adultos. Él era diferente al resto, ni siquiera tenía la fuerza, ni el peso, ni el tamaño de sus compañeros con la misma edad.

Al ver su actitud, los otros miembros de la manada comenzaron a burlarse de él llamándole "Bodyta".

Body no se enfadaba por ello, al contrario, le encantaba, pero su madre se disgustaba muchísimo y amenazaba con ir en busca del papá de Body que andaba por ahí, a lo suyo, para que diera un buen topetazo con la cabeza o con la trompa al primero que se atreviera a reírse de su pequeño.

A medida que iba creciendo todos le preguntaban qué quería hacer de mayor, dónde le gustaría vivir, cómo querría que fueran de largos sus colmillos…

—A mí me gustaría tener unos colmillos pequeñitos y brillantes, porque yo lo que quiero es ser modelo —respondía.

Cuando lo oyó su madre casi se muere del disgusto. ¡Pero quién se creía que era para pensar de esa manera! ¡Qué clase de hijo había tenido!

—Déjate de tonterías —le decía— en cuanto seas adulto te irás con tu padre.

Pero Body intentaba con todas sus fuerzas alcanzar su sueño. De momento, lo único que podía hacer era comer menos, para mantenerse más delgado y moverse con más agilidad. También hacía ejercicio, a escondidas, por supuesto. Por eso, cuando la manada huía de algún animal que quería hacerles daño, o de algún cazador, o se producía una estampida por la causa que fuera, Body era siempre el más rápido de todos.

También se esforzó en caminar con más elegancia, y consiguió dar un movimiento acompasado a sus nalgas que no pasó desapercibido para nadie.

Toda la manada estaba convencida de que la Naturaleza había hecho una de las suyas y, aunque no conocían ningún caso entre los elefantes, sí sabían que esto ocurría entre los humanos. Sin duda Body era una Bodyta, y eso era muy raro.

Un día, las mamás elefante hablaron entre ellas. Decidieron que lo mejor era deshacerse de él.

—¿Cómo lo haremos?

—Podemos engañarlo. Cuando alguno de los elefantes viejos se marche al cementerio a morir, le diremos que vaya con él, que tiene que acompañarlo porque es muy anciano y podría perderse.

Sin embargo, la madre de Body que, por cierto, era la jefa de la manada, no lo permitió y vigilaba continuamente para que nadie hiciera daño a su cachorro. Estaba segura de que Body no sabría defenderse. Se le veía tan indefenso y, además, ¡era tan dulce!

Todo se precipitó cuando Body se hizo adulto y, de repente, varios machos se acercaron a él. Entonces se dieron cuenta de todo: ¡Body era una hembra!

Su madre tenía tantos deseos de que su primer hijo fuera macho que ni siquiera se preocupó de comprobar el sexo de su bebé.

Inmediatamente le cambiaron el nombre y comenzaron a llamarle Bodyta, como a él o, mejor dicho, a ella le gustaba.

Aunque seguía siendo un poco rara, porque ese afán de ser modelo no era normal, su madre, como todas las madres, quiso ayudarla y apoyarla en todo.

Un buen día pasó por África un circo en busca de elefantes. Al ver a Bodyta, tan guapa, tan esbelta, tan cuidada, y con esos andares tan elegantes, quisieron que les acompañara. Y así fue como Bodyta llegó a Europa y más tarde viajó por América y Asia.

Tuvo mucho éxito desfilando acompañada de un chico guapísimo que la cuidaba con todo cariño. La gente aplaudía a rabiar cuando la veían y ella, satisfecha, levantaba su trompa mientras pensaba "lo he conseguido".

EL CASO DEL SOMBRERO QUE QUERÍA SER AEROPLANO

Lo vio en un escaparate de la Plaza Mayor y no dudó un instante. Era el sombrero que quería: blanco, rodeado por una cinta negra, con el ala ligeramente inclinada hacia abajo por delante y hacia arriba por detrás; lo que se conoce como un sombrero "Panamá". Confeccionado con las hojas trenzadas de una palmera llamada *Carludovica palmata*, era atractivamente fresco para el verano. Trabajaría en Madrid como guía turístico durante julio y agosto y, en esta ciudad, el sol cae sin piedad en esas fechas. El sombrero no sería un simple adorno, sino algo imprescindible para salir a la calle.

Pasó a la tienda y se lo probó.

—¡Magnífico! Es justo lo que yo quiero —dijo admirado contemplándose delante del espejo.

Se vio atractivo, más alto y elegante. Tendría que acompañar a grupos de turistas rusos exageradamente ricos. Sí, con ese sombrero, daría la talla.

—No, no me lo envuelva. Me lo llevo puesto.

—De acuerdo ¿El señor querrá la caja? Le aconsejo que se la lleve, así podrá guardarlo adecuadamente durante el invierno.

—No, no es necesario. Lo meteré en el armario.

Pagó y salió de la tienda con el Panamá puesto, mirándose en todos los escaparates por los que iba pasando. Cuando se disponía a cruzar la calle Mayor vio cómo unas chicas, que estaban al otro lado de la acera, le miraron y le sonrieron.

Siguió su camino y, al pasar entre las vendedoras de lotería, el sombrero, que quería ser aeroplano, aprovechó un ligero viento para intentar, por primera vez en su vida, salir volando. No sabía muy bien cómo tenía que hacerlo. En una ocasión, estando en el escaparate de la Plaza Mayor, contempló a una pamela atrevida volar desde la cabeza de una turista americana; le gustó tanto que decidió convertirse en aeroplano. Hasta entonces había esperado el momento apropiado y ese momento, por fin, había llegado.

Lo malo es que Panamá no tenía experiencia en las artes de volar, y fue tan fuerte la sensación que sintió, que se asustó un poco y aterrizó sobre una escultura a la que llaman "La Mariblanca" situada a la entrada de la calle Arenal. Es decir, que, en su primer intento, recorrió un camino muy corto.

Él se echó las manos a la cabeza para detener al sombrero, pero, al no conseguirlo, corrió detrás de él hasta casi alcanzarlo en la citada escultura. Y digo *casi* porque, cuando Panamá vio acercarse varias manos —la de Él y la de otros que pretendían ayudarle—, olvidó inmediatamente su falta de experiencia y se lanzó de nuevo al aire evitando que le alcanzaran.

Sobrevoló por encima de los asombrados viandantes. Cruzó por delante de las calles Preciados, Carmen y Montera, y se posó de nuevo a descansar sobre un oso que encontró frente a la calle de Alcalá.

Toda la gente que pasaba por la Puerta del Sol se fijó en Panamá. Incluso le dedicaron un intenso aplauso cuando aterrizó en la escultura del oso y el madroño.

—¡Tengo que cogerlo como sea! ¡Maldito sombrero! —gritaba Él desesperado.

Al llegar a su altura lo miró con rencor. Había pasado de estar orgulloso de él, a odiarlo con toda su alma. Un simple sombrero le estaba dejando en ridículo delante de la gente, que no era poca, por cierto, porque por la Puerta del Sol pasan cientos y hasta miles de personas diariamente.

Unos periodistas que acudían a una rueda de prensa en la Casa de Correos decidieron seguir los vuelos de Panamá y las carreras del individuo que parecía ser su propietario. Sin duda era más divertido que escuchar al presidente de la Comunidad de Madrid, de manera que prepararon sus cámaras y comenzaron a hacer múltiples fotos.

Él intentó alcanzar el sombrero. Estaba demasiado alto y algunas personas se ofrecieron a ayudarlo, cogiéndole de las piernas y alzándolo. Sin embargo, Panamá no estaba dispuesto a pasar su vida entre la cabeza de un engreído y el encierro en un armario. Había decidido ser aeroplano y lo sería a toda costa. ¡Arriesgaría su vida si fuera preciso! Así que de nuevo emprendió el vuelo. Y cada vez lo hacía mejor. Este sería ya el tercero y, con más práctica, seguro que iría más lejos o más alto. Y se subió sobre el sombrero del Tío Pepe que entonces estaba encima de un edificio entre las calles de Alcalá y la Carrera de San Jerónimo.

Al ver aquello, la gente comenzó a reír a carcajadas. Los periodistas no paraban de hacer fotos y de entrevistar a todo el que pasaba por allí. Hasta acudieron las cámaras de televisión y comenzaron a transmitir en directo las andanzas de Panamá.

Como nadie podía alcanzar el sombrero allí donde se encontraba, llamaron a los bomberos que acudieron inmediatamente. Sacaron su escalera, que era muy larga; sin embargo, no llegaba hasta él y tuvieron que alargarla más.

Mientras tanto, Panamá se mostraba orgulloso allí arriba. Se reía de la incapacidad de las personas para volar. Había oído que los seres humanos estaban hechos de barro y, claro, pesaban mucho; si estuvieran confeccionados como él, con las hojas de la palmera *Carludovica palmata* ya sería otra cosa.

De pronto vio que habían alargado por tercera vez la escalera. Ahora sí que llegarían hasta él. Cuando contempló la cara del bombero acercándose, se dio media vuelta, como despreciándolo, y se lanzó por la calle de Alcalá, cruzando de un lado a otro por encima de los tejados.

Todos le siguieron, incluido su propietario que corría desesperado, empapado en sudor. Panamá, por el contrario, se encontraba cada vez más feliz, convencido de que su decisión de hacerse aeroplano había sido acertada. Ya no había alturas ni distancias que lo asustaran y, para demostrarlo, siguió volando, pasó por encima de Cibeles tras acariciar la melena de uno de sus leones y, después de atravesar la Puerta de Alcalá por su hueco central, siguió adelante perdiéndose de la vista de todos.

Muchos pensaron que aterrizaría en el Aeropuerto de Barajas, pero eso, nadie lo sabe.

EL CASO DE LA BAILARINA Y LA CASA DE MUÑECAS

Tenía unos seis años cuando descubrí aquel lugar por casualidad. Yo soñaba con ser bailarina y jugaba dando vueltas y más vueltas; intentaba hacerlo de puntillas y abría los brazos para mantener el equilibrio. Algún día sería la primera bailarina del mejor ballet del mundo.

—Ten cuidado, te vas a caer —me decía una y otra vez mi mamá.

Yo no hacía caso, por supuesto, hasta que aquel día se cumplió su predicción.

Rompí a llorar. Al contrario de lo que ocurría otras veces, nadie acudió en mi ayuda. Entonces me di cuenta de que estaba lejos de mi casa. Me dolía mucho el pie y creí que no podría andar. Imaginé que, si me quedaba allí sola, en mitad del bosque, me moriría de hambre y de frío. Pensar en eso me hizo llorar de nuevo.

Finalmente, como mis padres no aparecían para ayudarme, me puse de pie y a la pata coja intenté regresar a casa. Lo malo es que había varios caminos y no sabía cuál era el mejor. Escogí uno de ellos. Dando saltitos, descansando apoyada en los árboles y sujetándome a ellos, avancé unos cuantos metros.

En uno de esos descansos, lo vi.

Era tan bonito que, sin duda, se trataba de un lugar mágico. Había un lago de aguas azules y en el centro una isla. En ella, dos ángeles blancos protegían una casita en la que debían de vivir los enanitos del cuento de Blancanieves.

Me metí en el agua sin dudarlo y nadé hasta llegar a la casa.

Entonces me di cuenta de que los ángeles eran de piedra, no de verdad. Seguramente que una bruja mala les encantó. Menos mal que yo estaba allí y podría desencantarlos.

Entré en la casa de los enanitos. Con el tamaño de mis seis años podía hacerlo perfectamente. Recorrí las habitaciones mirando por todas partes. Abrí un armario lleno de vestidos de muñeca que casi me valían a mí. Jugué con las cazuelitas, haciendo una comida imaginaria. Me senté en una sillita para comer.

Pasé mucho tiempo jugando y cuando me di cuenta ya era de noche. Me daba terror salir de allí, abandonar aquel mundo mágico para encontrarme, otra vez, en un bosque oscuro y misterioso. Volvería a perderme. Mejor esperar a que se hiciera de día o a que mis papas vinieran a buscarme. Me tumbé con cierta dificultad en una cama y me quedé dormida.

Por la mañana me despertaron dos policías.

El lago no estaba y la casa había crecido.

Les conté a los policías lo que pasó, pero no me creyeron.

—Es verdad, la casa era pequeñita, como de muñecas, y estaba en mitad de un lago. Había dos ángeles de piedra en la puerta, ¿dónde están?

—Has debido de soñarlo, jovencita. Esta casa siempre ha sido del mismo tamaño, y aquí no hay lagos ni ángeles.

Me llevaron hasta mis padres que me abrazaron llorando mientras me preguntaban qué me había pasado.

—Nunca más vas a jugar a ser bailarina. Prométemelo hija —decía mi madre.

No recuerdo si se lo prometí o no. Quizás sí, para que se callara. Yo seguí jugando, por supuesto. Tenía que probar que aquel lugar existía realmente. Que aquello no fue un sueño.

Al principio iba con mucho cuidado, vigilando qué camino tomaba para no perderme, hasta que lo aprendí de memoria. Y siempre, siempre, terminaba en el lago, con su isla, su casita y los dos ángeles de piedra, a los que seguía prometiendo una y otra vez que algún día los desencantaría.

Años más tarde, siendo ya bailarina del Ballet Nacional, fui a visitar a mis padres. Por la noche, mientras ellos dormían, recordando mis escapadas al bosque, me levanté y comencé a bailar, girando con los brazos abiertos, como hacía cuando era una niña, hasta llegar al lago de aguas azules, con su isla, su casita de muñecas y sus dos ángeles que seguían siendo de piedra porque yo aún no los había desencantado.

Nadie lo cree, pero aquel lugar mágico sigue allí, siempre ha estado allí para mí, aunque los demás no lo vean.

EL CASO DE LOS DOS BOSQUES QUE NUNCA MÁS FUERON ENEMIGOS

——Había una vez dos bosques, uno de pinos y otro de hayas. Vivían uno frente al otro, aquí, muy cerca de nuestra casa. Todos sabíamos que los dos se odiaban mutuamente.

El bosque de pinos se aburría. Siempre tenía el mismo color y envidiaba al otro que se llenaba de hojas marrones, rojas y doradas al llegar el otoño.

Las hayas, por su parte, querían ser verdes como los pinos porque se mantenían jóvenes todo el año, no como ellas, que parecían envejecer hasta casi morir, perdían las hojas y sus ramas desnudas quedaban expuestas al frío y al peso de la nieve en invierno.

Un día hubo un temporal y los dos aprovecharon la fuerza del viento para enfrentarse. Fue tanta la furia que desplegaron que cuando el aire se calmó, ambos habían perdido muchas hojas y ramas, incluso alguno de ellos cayó al suelo con las raíces arrancadas de la tierra, completamente muerto.

Fue entonces cuando comprendieron que tenían que olvidar sus envidias y dejar de luchar entre ellos. Debían de unirse y protegerse. Sólo así serían más fuertes. Los pinos perderían su monotonía gracias a la compañía de las hayas; a su vez, éstas jamás estarían desnudas y contarían con la protección de los pinos que las rodeaban.

Y así fue como nacieron los bosques de pinos y hayas.

Y colorín, colorado…

— Mami, cuéntamelo otra vez.

— ¿Otra vez? Está bien. Había una vez…

ÍNDICE